KB066481

자두나무는
다
괜찮다고 말한다

자두나무는 다 괜찮다고 말한다
서정윤 시집

초판 인쇄 2023년 05월 10일
초판 발행 2023년 05월 15일

지은이 서정윤
펴낸이 신현운
펴낸곳 연인M&B
기 획 여인화
디자인 이희정
마케팅 박한동
홍 보 정연순
등 록 2000년 3월 7일 제2-3037호
주 소 05052 서울특별시 광진구 자양로 56(자양동 680-25) 2층
전 화 (02)455-3987 팩스 (02)3437-5975
홈주소 www.yeoninmb.co.kr
이메일 yeonin7@hanmail.net

값 12,000원

ⓒ 서정윤 2023 Printed in Korea

ISBN 978-89-6253-559-4 03810

자두나무는
다
괜찮다고 말한다

서 정 윤 시 집

300만 독자가 선택한 베스트셀러 『홀로 서기』 시인의 신작

이 세상에 피어나는 꽃은 모두 혼자 피어난다

연인M&B

이 세상에 피어나는 꽃은
모두 혼자 피어난다.
그의 외로움이 푸르게 빛날 때
외딴 곳의 찐득한 외로움이
내 몸의 한 가지로 뻗어
결국 내 전부를 잠식해 차지했다.

세상의 모든 피어나는 꽃은
외롭다고 징징대지 않는다.
저 혼자 살아갈 단도리를 하고 깨어나는 것이다.

2023년 봄
서정윤

| 차례 |

2

바
람
이
여

4

모
난
돌
일
기

1

호박죽

자두나무는 다 괜찮다고 말한다

자두나무도 단풍이 있다
예쁘진 않아도 최선을 다한 수수한
겨우내 모은 생명의 힘 밀어 올려
붉고 실한 열매 매달아
'와와' 소리지르며 보내고 나면
팽개쳐 둔 그냥 나무였다

단풍나무가 새빨간 드레스로 한껏 뽐내는 오후
자두나무는 유행 지난 한복 깨끗이 다려 입고
친척 결혼식에 온 엄마였다
자두 열매 다 보내고 허리 무릎 아파도
참으며 티 안 내려고
"괜찮다 괜찮어!"만 말한다
자두나무는 다 괜찮다고만 말한다

나무들 색이 다 다른 것 보인다
내면의 아름다움 볼 수 있는 눈 이제 생겼는데
가을은 저만큼 지나가 버렸다

우산

한여름 돌무더기 덮은 호박잎
햇살에 늘어졌다
바람 밟고 오는 도마 소리에 일제히 출렁거려도
그 아래 애호박 두 개
지키기 위해 안간힘이다

풀이라도 아픔을 모를까
끊어진 줄기에선
진액 흐르고
잎 따가는 만큼 더 많이 만들어
가린다, 발아래
잎의 힘으로
애호박이 굵어지는 것이다

거친 엄마의 입담은
자식들의 우산이었다
부끄러웠던 생각이
더
부끄럽다

엄마는 꽃이었다

사랑이 가도 꽃이 피네
세상의 문이 닫힐 것 같은 절망에
제발 꽃 피지 말아 라고 빌어도
사랑은 가고
꽃은 피고
사람들은 흥성거리네

사랑이 가도 나는 숨 쉬고 어떻게든
이어진다는 사실이 슬프네
나도 저 물 따라가고 싶은데
참,
억수로 비가 와도 나는 배고프네
산 사람은 살아야 한다는 말이
세반고리관을 세 번 돌아 나갈 때
살아도 산 게 아니라는 시구절이 죽순보다
뾰족하게 솟구치네
산나무 다 다른 꽃 피우듯
노래마다 다 다른 눈물 맺히네

왜 가야 하는지 아직 몰라도
묽어지는 눈물이 알려 주는 것도 있네

이제 그만 부르기로 했네
그립지 않다는 말은 아니지만

호박죽

삶의 마지막이 되어서야
제 마음속 사랑을 보여 주는
은행잎처럼

호박도 여름 동안 햇살과 달빛
그리고 별빛을 모아서
울퉁불퉁한 심장을 남기고 떠난다

할머니가 호박죽을 오래 끓이는 건
그 심장에 굳은 별빛을 녹여내기 위해서다
호박에 숨어 있던
여치 소리며 바람 소리는 쉽게 풀어지지만
심지어 여기저기 흩어진
번개 불빛과 천둥소리는
조금 어렵게라도 찾아낼 수 있지만
심장에 새겨진
달빛 편지와 별빛 기도는
응축의 힘이 하늘에 닿았기에, 쉽게
풀어질 수 없는 것이다

할머니는
기도의 힘으로
호박죽을 끓이는 것이다
그 호박죽을 먹고 이만큼 살아왔는데
내가
아무리 오래 끓여도
그 맛이 나지 않는 건
이상한 일이 아니지 않은가

수수꽃다리에게

아름다운 거리가 있다
너무 가까이 붙으면 지겨울 수 있고
많이 멀면 가물가물하다
적당한 거리는 다 다르지만
그대와 나의 거리는 이만큼이 좋다

너무 멀어 가물하면 안타깝고
너무 가깝게 붙어 제대로 볼 수 없으면
부담스럽다
꽃을 보는 거리와
노을 보는 거리가 다르듯
그대와 나는 이만큼의 거리에 서기로 하자
여기쯤에 선 것이
제일 아름다운 동그라미다

빗소리

엄마 건너간 강에 빗방울 떨어지네
꽃에 남아 있는 얼굴이 아직 따스한데
대답하는 목소리는 많이 희미해졌네

엄마는 빗소리 듣는 걸 좋아했네
빗방울에 담긴
흐름의 의미를 밟고 싶었을 거야
소나무 그늘에 묻어 있던 노래를 기억하라는 말
생각나서
바람의 주머니를 풀어 보기로 했네

솔잎 하나하나가 뾰족한 말이 되어 찌르는 날
강 건너편 얼굴이
파문에 떠올랐다 사라지는데

의미 모를 목소리만 강을 건너오네
여기도 빗소리는 침묵으로 가득하네

도라지꽃

길가 도라지밭
보라별을 들고 흔드네,
내 마음

물가 해오라비
고개 들어 하늘 보며
칠하네,
텅 빈 생각을

흘러간 사랑이
다시는
그 기슭 만지지 못하는 게
아프네,
가을색은 너무 멀리 떠나갔네

이생에 태어나
한 번의 사랑이면
여한이 없다는데
아프네,
텅 비면
아플 것도 없겠네

도라지꽃이 품은 공허를
터트리지 않기로 했네

우천

사랑은 모래였다
움켜쥐면 빠져나가는,
아니 물이었나 보다
도저히 잡을 수 없고
막으면
둑을 밀고 터져 버리는,
다시 물이었다
목말라 부르면 적셔 주기는 했다
내 힘에 버거운
먹구름이었다

빗방울 처절한 날
만발한 벚나무 아래 나눈
새들의 사랑도
유성 꼬리로 길게 사라지고
꽃잎 지는 소리에
다 무너졌다
허상을 세운다, 비 오는 날에

개똥쑥

꽃이라 말할 수 없는 꽃이지만
부끄러워하진 않았다
내가 힘 모잘라 맞고 들어오면
잘했다 말하면서
얼른 정지 뒤로 돌아 들어가던 엄마
엄마는 자주 맞고 들어오던 내가
부끄럽지 않았을까
그런 날마다
한번도 보지 못한 조상님
앞에 놓인 물그릇에
새물이 올랐다
그 물의 힘으로 이만큼 살아온 것이 아닐까

엄마의 기도 없을 때 난
크게 넘어져 다쳤고
제대로 일어서지 못하고 있다
쑥이 되지 못한 개똥쑥의 삶일지라도
이쁘고 귀하게 보는 눈이
있다
열심히 살아남아 라는 부탁이 온다

눈물

엄마 떠나고 묵혀 둔 시골집
우산풀 개망초 환삼덩굴 우거진 마당
귀퉁이에 숨은 봉숭아 주머니
씨앗 받아
베란다 화분에 얹었더니

올해 핀 꽃에서 부뚜막 냄새가 난다
주황꽃에서 엄마 손톱이 보인다
꽃이 그리워하는 건 고향집 마당일까
엄마 목소리인가
별빛 담은 소주잔이
바다를 건너가고 있다

찰나에

보리도 꽃이 있다
먼 산 노을의 눈에
그리움 그득하면
길가 보리 융단에
보고 싶단 말
빼곡히 적어 놓겠다
죽지 않으면 만날 수 있다고 믿었는데
죽어서라도 봐야 할 얼굴
서쪽 구름이 보여 준다
사랑이라는 말이 필요 없는
순간이다

삽목의 날에

살아 보자
꽃으로 살아가는 일이 쉬울 수 있겠는가
구름이 구름의 글자로 적는다
살아 보자
살아 보자고
상형문자의 틀이
가위질 한번에 무너지고

바람이 저들끼리의 목소리로 속삭인다
외친다 살아 보자
살아 보자고
원주인 아닌 인간의 소리가 새겨진 심장이
깃털 하얀 새 울음 한번에 무너졌다

하루 넘기기가 숨 안 쉬어질 만큼 힘들어도
지나고 보면 금방이다
죽을 것 같은 날들 참으로 허허롭게 날아가고
풀잎 끝이 말라오는 것을 보면
내 앉은자리도 얼마 남지 않았다는 걸 안다
어쨌든 살아야 하지 않겠느냐는 설득도
국밥 한마디에 무너질 뿐이다

남은 햇살 남겨 두고 떠나도 아쉽지 않고
서둘러 떠나는 것이 미쁠까
남은 꽃에게, 돌에게 미안한 일은 아니다
그냥 살아 봐야 할 일이다
살아 보자는 말
남들에게 해 주는 날 있을 것이다
손잡고 살아 보자 살아 보자고,
가난한 늙은 시인인 나도 사는데

구절초에게

사랑은
말로 전해지는 것이 아녜요
사랑은
글로 적어 보내는 것도 아녜요

사랑은
눈에서 눈으로 전해지는 것
마음에서 마음으로 전달되는 것이랍니다

인연의 큰 강 건너면
그대가
내 순백의 사랑 볼 수 있을 거예요

그대 마음의 창 여는 날, 햇살처럼
비스듬히 기울어진 채 그 모습 담은 눈길,
떨리며 설레는 내 심장 깨어지는
붉은 소리를
들을 수 있을 거예요
언제나 그대를 향해 열려 있는
보랏빛 심장이에요

가을 편지

보이는 것은 모두 아름답다고 봄이더니
이별의 아쉬움 전하려 가을인 갑다
겨우 지나갈 겨울 문턱에서 너를 배웅하고
돌아섰더니
내 갈 곳 보이지 않아 비틀거린다
다 열어 주던 길조차 쉽지 않았는데
낙엽이 갈 길 재촉하는 시간
마음부터 깝치킨다
긴 외투 준비하지 못한 꿈으로는
노란 은행나무 밑 지나갈 수 없어
사람 사이의 통로 굳게 잠궈도
갈 것들은 결국 떠나가는 것이라고
서쪽 구름에 적었다

눈물에도 단풍이 든다는 것을
아는 나이가 되었다
마음 비워 둔 방에 허무와 고독이 들어차고
가을볕 몇 개 추가한 것 옆으로
어리고 파란 웃음소리 가지에 걸린다
올 사람 없는데
갈 사람 모두 간다고 가을인 갑다

오리나무

푸른 강물에 오리나무 눈물 하나 떨어진다
한 사람의 고뇌가 다리 위에
길의 끝처럼 멈칫 섰다
이 산 저 산 낙엽들 강물로 뛰어들고
가을이 저리 붉은데

그날의
노을이 다리 건너려고 들어서자
나와는 너무 동떨어진 풍경, 아름답다
그 사람 멀어지는 그림이
다리 아래 더 붉다
조금만 더 살아 보자는 중얼거림이
자갈자갈 깔린다
오리나무 빈 가지 아프게
까래비고 지나가는 바람이 중얼거린다
오 리만큼은 더 가 봐야 하지 않겠나
바람이 저리 밀어대고 있는데
다음 오리나무까지만 살아 보자고

차마

온 하늘 물들이는 푸른 노래
그리움은 적막 뒤에 숨고
구름이 붉은 고요로 사분거리네

강 건너
엄마 보고 싶다는 말
풍경의 틈 비집고 나오는데
떠나는 노을 때문에
빗방울 떨굴 수 없네, 차마

파도의 고충

겨울 한가운데 서 있는 바다를 만났다
햇살 내리는 곳마다 피부 찢기는 소리 터져 나오고
나무가 달려가다 멈춘 곳에 아픔의 화산 솟았다

모두 다 좋을 수는 없다고 말하지만
솔잎은 솔잎으로서의 고충이 있고
갈잎은 갈잎으로서의 그리움이 있다는데
천년을 그리워해도 이생의 인연 닿지 않으면
빈 꽃으로 질 수밖에 없다
허무하다고 수백 번 뇌어도
참 어렵다

추억에 이끼가 가득찰 때가 되면
잊었다고 말할 수 있을까
철새가 수백 번 오고 가도
네 그리움은 사라지지 않는다
밤마다 노을 붉히는 신에게 술을 올리기도 했다
한때는 같은 곳을 바라보며 설레던 마음 있었지만
억겁의 윤회를 계속해도 지워지지 않을 목소리
노을 위에 얹어 놓았다

이 미련한 영혼이
천년의 외로움을 어떻게 견딜까
공허하고 쓸쓸한 시간에 나를 맡긴다

사랑은 시든다, 순식간에

나만 남았다
죽음은 지우는 것일 뿐 얻는 것이 아니라는,
뚫린 손바닥에 손가락 넣어 봐야
흐름 바꿀 미래를 확인할 수 있다는 생각에 빠져
잠시 꿈꾸게 한 것들 다 버리고
햇볕 아래 잠시 앉았다 간다

아무리 빨리 도망쳐도
그물은 한발 앞서 가로막는다

뿌리의 생각 엉겼기에
내 앞에 꼬인 철근다발 풀리지 않는 것과
기억의 창을 닫으며 떠나는 게 맞다
함부로 뱉은 낱말에 대한 참회를 올린다
시든 풀잎에 달린 이슬보다 창백한 말이 줄을 서면
누구라도 떠나는 게 맞다
회색 징 일으킨 소리가 산기슭에서 휘어지는 게 보이고
곧은 삶을 걷지 못한 물결이 멈칫 울먹이다, 그뿐
뼛속에 부는 바람이 주검보다 차다는 걸 보여 준다
수면에 뒤집어진 그림
그대로 얼음 되기로 했나 보다

네게 기대하던 모두가 허망하다는 걸 보는 중이다
지금
자두꽃이 떠나는데 그 뒤의 일은 상관없지 않은가

영원하지 않은 사랑에 목숨 걸었는데
거기 그 시간의 축이
서로 다른 톱니를 물고, 돌고 있다는 말이
풀잎처럼 슬프다

꽃이 진다

금방 흩날릴 꽃이 너무 화사하다
빵 냄새 가시지 않은 웃음이 동그랗게 퍼질러 앉아
딱딱함과 부드러움을 같이 그린 구름을 들었다
하늘 가릴 수 있는 손 가졌다고 생각한 순간
꽃잎은 모래보다 빨리 빠져나가 허망하다
작은 뇌에 가득찬 허무를 일으켜 세운다고
꽃이 지지 않겠는가 마는
옷깃 어디엔가 아픔이 불내처럼 묻어 있겠다

진리의 관절 꺾이고 인연 찢어지는 소리에 새긴
모든 안 좋은 걸 잊자고 약속했는데
잊어도 살아나는 별의 갈색 뇌세포
갑자기 허무하다
그것이라도 붙잡아야 하는 게 더 허무하다

면벽 구 년, 아니 한순간도 할 자신은 없고
금칠 뒤에 진리가 앉은 건 아니기에
절집 마당에 흩어진 꽃잎
쓸어도 깨끗해지지 않는다
갈 길은 멀고 발바닥 물집은 이미 터진 지 오래
해는 서산에 걸렸다
사방에 육식동물의 눈빛이 구리다

해파랑 길

노래 부르다 멍든 건 바다만이 아니었다
방파제 끝에 선 구름이
제 그리움을 파도에 실어 본다
삶은 여기든 기둥 아래든
흔들리고 넘어지는데
낡은 풍경에 기댄 겨울이 방파제 넘는 흰 새처럼 놀란다
물색이 경사진 만큼 몽돌 소리를 달래고
연안 어선은 돌아와야 할 때가 된 것이다
그물에 걸려 온 낭만을 앞자리에 앉히고
소주잔을 들면
바람이 슬그머니 옆에 앉아 젓가락을 두드린다
그렇게 낮은 주막집의 풍경이 완성된 것이다

마지막은 어디에나 있고
어디로든 흐른다
오래전에 멈춘 생각으로 창을 닫으면
아닌 것은 영원히 아닌 것이고
해풍에 마르는 반건조 노가리 연탄불에 올라
덜 굳은 어깨 듬칫거리며 북해에 두고 온 울음 생각에
큰 술잔에 찰랑이는 옛사랑에 입술을 댄다

숙성된다는 것

이곳 햇살의 목소리가 그리웠다
꿈속에 들어가는 걸로 해결할 수 없는 일 숱해도
앞으로의 일은 닥치는 대로 버틸 거다
성배의 힘으로 미래를 바꿀 수 있다고 기대했었는데
물리적인 움직임은
얽매인 생각을 해방시키지 못하고
붉은 기억 씨앗을 하늘에 심는 정도였다

속눈썹에 눈발 얹힐 때 사랑은 꽃피기 시작한다

젊어서 넘어진 사랑이 있었고
오해를 해명할 방법 몰라
입 다물고 피 흘리기도 했다
그것도 이해해 주지 못하느냐는 섭섭함이
홑청처럼 큰 소리로 침묵할 때였다

구름의 기침 소리가 산을 울리면
내 그리움 가득 품어 저렇게 부풀었나 보다
짙은 외투로 속 가려도
기우제 한번이면 속절없이 무너지기 마련이다

사랑은 보이지 않아도 존재한다
그에 대한 질문을 포기하는 순간
나무토막은 도마가 된다
새처럼 사랑하는 방법은
기억의 숲에서 찾지 않아도 알고 있는 것이다

꽃의 방

누구나 마음 한편에 방 하나 숨기고 있네
아무에게도 들키지 않을 허무의 방
지나가던 생각이 무심히 들러 쉬었다 가는
수도원의 기도실 같은 방
양배추처럼 겹겹이 싸여
가장 따수운 엄마의 젖가슴 숨겨 둔 곳
세상을 걷다 말에 치여 생긴 상처
보듬어 주는 곳
치유의 샘물 흐르는 방
이 방 다른 이에게 열리는 순간
내 고통 치유될 수 없다는 걸 알기에
살기 위해 지켜야 하는, 별빛 가득 오글거리는
공허의 공간이네요
지나가는 개울물이 두드려도
그 재잘거림이 부담스럽고
초록 바람이 기웃거려도
멀리 달리는 발소리 무서워
꼭꼭 닫아 놓은 신비한 방

모두들 마음에 빈 방 하나 숨기고 있어요
누구에게도 허용해서는 안 되는

호접의 침묵

그대는
하늘의 구름이고 물 위를 걷는 달이다
함께 걸어도
가질 수 없는 번개의 깜빡임으로 쌓은 연이다
붉은 꽃 따위가 얼마나 가겠는가 했던 생각도
그렇게 얕잡아 볼 일은 아니었다
소원 하나쯤 보듬기로 하고
거울을 닦으면
술이 되기 위해 오래 웅크리고 있던 슬픔이
잠시 고개를 든다
시간의 창에는 내 나이보다 늙은 햇살이 종종거리고
말로 이루어진 약속의 허망함에 잠시
침묵한다
참으로 부끄러운 날들이다

순간의 진실은 마음꽃으로 가지를 잡고 있다
물 위를 따박따박 걸어오는 사랑은
다시 공(空)이다
있어도 없는 것이고 없는 채로 있는 것이다
유한한 것이 무한히 계속되면
시간의 무거움을 네 어깨에서 읽는다

먼지인 채로

사과를 깊이 알기 위해
과육 사각거리는 소리에 집중한다

초록을 깊이 알기 위해
갓 깨어난 배추흰나비 애벌레의
참새 피하는 위장술에 빠진다

너를 깊이 알기 위해 네게서 나오는
하양 웃음소리를 주머니에 담았다
왜인지도 모른 채 떠나는 것의 운명을
깊이 알기 위해
바람의 집을 열어 보기로 했다

비로소 보이는 것의 위장술을 인정하고
붉은 먼지 가득한 길에 묻히기로 한다
깊이 아는 것은 그만큼 무거워지는 것이다
가볍게 사는 것도 나쁘지 않다고 생각했다

2

바
람
이
여

채송화에게

바람 앞에서
시곗바늘 보다 붉을 수 있다면
햇살 아래 투명한 심장으로 싱그러울 수 있다면
내 목숨은
다섯손가락 꽃이어도 좋겠다

그리 멀지 않은 산이 높은 척하며
해바라기의 겨드랑이를 꼬집는데
딴 데 보는 구름이
층층나무의 손등을 쓰다듬는다

살아가는 건 모두
그들끼리의 울타리가 있다는 말이다
거울 안에 앉은 네가 꽃이어서 좋지만
내 목소리에 대답하고 손잡을 수 있는,
내 진심의 소리에 흔들리는 너이기에
더 좋다

꽃마리

사랑한다는 말로 내 속을 다
보여 줄 수 있으면 얼마나 좋으랴마는
사랑은 안개나 구름,
어쩌면 흐르는 물과 바람이었다
네 별빛이 내게까지 오는 시간이 참 멀다
"당신에게 가는 내 눈빛
소중히 여겨 주세요
당신 칭찬 가끔 들을 수 있으면 좋겠어요."

사랑 가진 사람은
마음에 별 하나 빛나고 있다
불 끄려 물 끼얹어도
불 막으려 철문 닫아도
불은 연기 바람 타고 들어와
내 심장을 태운다
간절함은 눈을 뚫고 나와서
하늘의 꽃이 되었다

바람이여

바람만큼 살아 보고 싶었다
꽃밭에서 가지고 온 하늘 소식도
시간의 때 묻으며
구려지고
인간 아닌 것들의 입에서 나온
진실이라는 거짓도
닭똥이나 소똥보다 더 거리를 어지럽힌다
그 모두를 하늘 핏물로 씻는 것은 바람뿐이다
잡아도, 잡히지 않고 잡을 수 없는 검은 날개에
생명을 낭비하는 인간이다

바람이어라
인연의 나무가 너의 옆자리에 뿌리내리기 전에
머물 수 없는 순간자로 떠도는 것이다
커피향을 몰고 오는 갈색 소리
바게트향을 안고 달려가는 바람이었다
아무 일 없다는 듯 출근하는 아버지의 등 그림자와
무거운 엄마의 발등에 함께하며
보이지 않는 회색 한숨 소리에 손 없는 것
남겨 놓고 싶은 것 아무것도 없는 이 땅에
그냥 지나가는 바람으로 순간을 지난다

깊이가 얼마나 되든 기다려야 할 건 기다려야 하고
멈추지 못하는 여행자로 떠날 구름이
생각 흩어 버리는 법 알고 있었나 보다
잠시 멈춘 공간에 아무것도 잡을 것이 없다
생겨나지도 않고 사라지지도 않는 바람이여

일어난 곳도 없이 머물며
가야 할 곳을 알려 주는데
바람의 말이기에 인간의 탈을 쓰고는 알아들을 수 없다
바람이어라, 온통 바람이어라

달맞이꽃에게

삶이 평평하지 않아
이번 생 함께하지 못하고
스쳐지나는 소매 깃으로 끝나서
미안하네요

낮과 밤으로 어긋나는 우리의 걸음
수레바퀴 자국을 비틀지 못하는
한계점에서
사마귀보다 비겁한
나의 변명이 알량하네요
남은 날의 화두로
다음 생엔 꼭,
영혼이 하나로 묶여질 수 있길
하늘에 소지 올리며 살겠어요
너만의 나로 살아갈 날을 위해
달빛으로 꽃을 만들었네요

내 기도가 하늘에 닿아
이슬비를 내려 주면
아무것도 아닌 자랑으로 얼룩진 마음
깨끗이 씻고

허수아비로 서서
노랑 목소리로 노랠 올리겠어요

구절초의 그리움

합리적이지 않은 사랑이 아름답다
고난의 언덕에 피어난 꽃
어렵게 만나 금방 돌아서며 다음을 기약해야만 하는
눈길, 그리고
떨어지지 않는 손
오래 기다려야 또 볼 수 있는
늘 머릿속을 가득 채운 사람

사랑으로 눈이 멀어도 좋다
귀가 들리지 않아도 좋은 것
모든 감각은 그대 향해 열려 있고
그대 웃음소리만 들리면 되었다
힘들게 살아남아 흔들리는 구릉 넘으면
그대 미소 거기에 꽃 피어 있을 것이다

진실은 때로 불편할 수 있어도
네 사랑은 햇살보다 화안해서 좋고
달빛 별빛처럼 은은해서 더 좋다
화려함의 수수함에 반해 숨이 멎는다

개망초

길이 붉어야 한다는 건
진주의 약속이 깨어져 보면 안다
세상의 모든 붉은 약속은
나무 그늘 아래 쉬고 있었다
의미 없는 낱말 잔치에 구름 테이블 놓고
청미래 잎처럼 얼기설기 앉으면
무너진 폐가 더미에 깔린 옛사랑의
흔적이 고개를 든다
절개지 기슭에 미끄러지는
보고 싶음
꼭 봐야 할 것이
개망초 꽃잎에 허공의 무게로 찍힌다
내일은 산이고 절벽이다
낡아 너덜거리는 약속을 귀 뒤로 넘기고
위로 봐야 할 때 땅이 덜미를 잡는다

큰물은 둑으로 막을 수 있고
벽과 담이면 태풍 부는 날의
바람 멈추겠지만
그리운 마음
봄기운처럼 막을 수 없어
너에 대한 나머지 생각을 구긴다
하양 꽃잎만큼만 사랑할 것이다

수국 화안한

청춘은
떠나가는 꽃잎이다
꽃이 펴도
그만큼의 꽃이 져도
눈길은 그대 뒤를 따라간다,
주책없이
가슴 뛰는 소리가 귀에까지 들리는데
꽃다운 그대 눈빛에
구름의 숨이 멎고
무심히 던진 한마디에 흔들리는 건
풀잎만이 아니었다

꽃 아닌 꽃이 더 꽃인 척하는 세상
나를 사랑한 너는
세상에서 가장 어리석은 꽃이었고
너를 사랑한 나는 하늘 아래
가장 현명한 눈물이었다
그리움은
밤새워 산을 넘어가는 힘이었다

유채밭

누군가를
멀리서 사랑하는 건
가슴에 진주의 씨를
심는 일이다

그립지 않은 날이
하루라도 있을까
노랑 꽃을 피워
그대 앞에 서도
노을처럼 부끄럽다

내 진주가 자라
별이 되는 날
산과 들에
온통 노랑 향기
일바쳐 세운다
날개가 있어도
떠나지 않는 것이 있다

순간순간의 고통이 모여
보석이 된다면
지금의 화려한 날개도
죽음보다 큰 아픔이었으리라

치자꽃

일찍 핀 꽃이 일찍 간다
멀리서 온 바람이 가져온 얼굴은
강가 길을 흐르다 어느 나루터에 멈췄다
하늘은 텅 비고 냄새는 흐릿하다
바람이 나무를 옮기고
늙어서 모르는 게 참 많은 것
과거에 사는 것이 버겁다

가을과 봄의 끝부근 어디라고 생각했다
깊은 틈새에 웅크린 소리가
낡은 회색의 생각을 구긴다
잠을 다림질한다는 말에
시간의 다이얼을 맞추고 있다
뒤돌아보지 않아야 하는 소금기둥이 굳어
말의 빗줄기에 녹아 간다
죽음 그 뒤에 있는 그림은 읽을 수 없고
걸음의 부분조차 종이나무일 뿐
별빛을 모아 피운 꽃은 다 다르다

아직도 철부지인 이 침묵은 무슨 색인가?
사랑한다면 기다리라, 치자꽃을

달빛을 가슴 가득 담아도 회화나무 위는 허전하고
깃털 눈빛의 무게는 엄청나다
산과 들에 가득찬 얼굴
달빛 닿는 마당이 아프다
바람이 부니까 살아남아야 했다, 날개 없는
치자나무도 살아가는데

오이풀꽃

바람이 분다는 그대 말에
나는 사랑한다고 대답한다

달빛이 너무 밝다는 그대 말에
영혼을 다해 사랑한다고 대답한다

구름의 변화 속에 영원한 것은 없다지만
그대의 붉은 눈빛은 영원하다고 믿었다
더 씩씩하게 살아야 할 이유가 생기기도 했는데

세상에는 혼자 감당해야 하는 일이 있다
사랑이 깨어졌는데
꽃을 파는 사람이 있다
선지자의 예언은 사랑으로 다 이루었다는데

금낭화

나비는 푸른 다리로 강을 건넜다
그물무늬에 걸린 햇살이 내 눈물로 버둥거릴 때
분홍 꽃으로 문을 여는 우편함
투명해질수록 꽃의 심장은 울렁거렸다
물이 자라는 시간
봉함엽서를 품고 뿌리에 구름 우표 붙인다
다홍으로 넘기는 책장 소리가 눈길 밟는 것 같다
흐르는 생각은 신발에 고였다가
초록 냄새로 풀어져 방울 소리 옆에 앉는다
여름과 겨울의 손등에 자라는 노래
맨 끝에 매달린 오월이 울타리 너머 보며
산과 들을 연결하는 허수아비 부른다
빛바랜 회색 울음이 그늘의 바퀴를 돌린다
흔들리지 않는 것까지 흔드는 힘이
생각의 날개를 멈추기 위해 주머니를 열면
빛으로 연결된 인연이 존재의 돌로 나뉜다
내 앉은 여기가 현생의 들판이면
거긴 정토여야 하는데
금낭화 비 젖는 소리 여기까지 들린다
이쁘고 현란해도 마음을 보여 주는 것은 아니다

달개비꽃

한때는
바다였던 산이
구름 치마를 입는다

한때는
사랑이었던 절망이
나무 그늘에서 고개 내민다

유리창 너머 찢어진 하늘이라도
볼 수 있는
시간이 고맙고
소리 내어 울 수 있어 다행이다

갈봄이
서로 바꿔 앉고
큰 비가
여름의 끝 알린다
이젠 살아 보자고 다짐하며
남색 심장 내밀어 의자에 앉았다

능소화

하마 올라나
어디메 오고 있을까
담장 위로 고개 내밀어
먼 노을 출렁임으로 짐작하는데
그 꽃 지고
담 아래 절망 주저앉으면, 새색시
다음 꽃 줄줄이 피워
빼꼼히 내다보고 있구나
맘 졸이며

첫사랑

세상은 해금 소리나 술잔만큼 즐겁지 않더라
원추리꽃이 삶의 전부라고 생각하던 시절
사랑 아니면 그 어떤 것도 의미 없고
영혼을 팔아서라도 가지고 싶어했던 꽃이다
깨어진 기와조각이 되어 있어도
크리스탈 종소리보다 빛났다

그땐 그랬다
바람이 별을 울려도 웃었고
빗방울이 나뭇잎을 두드려도 두근거렸다
아무도 가 보지 않은 길을 가는 두려움에
발이 떨려도
연둣빛 파도와 함께라면 버틸 수 있다고 생각했다

세상의 모든 공허와 절망으로 가득찬 공간은
부서진 하늘이다
사랑도 작은 것일 뿐인데
더 작은 동그라미에 목 걸고 사는 오늘의 '나'가
보인다
꽃이 져도 노을은 붉고
육신은 살아남아 붉은 차를 마신다

담장 한쪽에 누워 비바람에 젖어 가는
붉은 자전거의 녹슨 발이
하늘과 나누는 연분홍 대화처럼 달콤했다
하얀 눈빛의 실체가 분명하지 않아도
원추리의 첫사랑엔 날개가 있었다

장미에게

삼각형이 혼자 있을 때는
넓은 발로 잘 디디고 서 있다
사각형에서 삼각형 두 개로 나뉠 때까지만 해도
온 세상 마음대로 돌아다닐 수 있다고 생각했다

삼각형은
삼각형으로 외로움 느낄 때가 많아지고
다른 삼각형이나
사각형, 오각형을 볼 때마다
내부의 빈 공허를 느껴야 했다
너무 완벽해서 흔들리지 않는 자세
누군가 다가가서 말 걸어 볼 용기 내기 어려운
팔짱

나 아니면 안 되고
나만이 최고인 삼각형으로 살아가는 건
옥상 베란다에 빈 깃대로 서는 일이다
그제야 다른 삼각형이 떨고 있는 게 보인다
화려한 외로움의 삶을 즐겨
목을 곧추세우다가 꽃 피우지 못하는,
아무도 꽃 봐주지 않는 밤을 맞는다

벚꽃 피는 소리

산이 외로울 것이다
소나무는 그 외로움에 젖을 것이다
봄은 스스로 외로움이 될 것이다

사랑이 재가 되어도
지워지지 않는 기억은
솔가지 아래 얼룩한 눈물로
나무 둥치에 지층으로 쌓일 것이다
마음이 죽으면
사는 것이 괴로움이고
죽음이 더 나은 선택일 수 있다

벚꽃 지는 아래서도
당신 미워하지 않기로 했다
꽃이 펴도
보고 싶어 하지 않기로 했다
나를 위해 빛나는 단 하나의 별을
다 지우기로 했다
찬바람을 피해서 날아온
철새는, 다시
툰드라의 바람 속으로 돌아간다
올해 핀 벚꽃은
그대가 아니어도 좋았다

소리의 숲길

소리의 숲에 침묵으로 들어서면
나무들 서로 나누는 사랑의 말
알아들을 수 있다
폭포의 안개 속으로 들어가는 시원함이
그 속에 펼쳐져 있음이 보인다

절대로 잊을 수 없는 사랑, 엄마
산을 넘어가며 기다려 달라고 설득해도 공허하다
이 세상 원해서 가진 사람 있을까?
노을의 그리움을 가진 마음은 붉고
사랑하는 사람의 손은 귓불 투명한 목소리다
강물에 갈앉는 낙엽이다
신이 지키지 못할 사랑도 있다는 것
긴 항해에 망가진 돛은
슬퍼도 부끄러운 일 아니듯
순수한 용서를 풀고
나는 끝까지 널 찾겠지만
막아 두었던 둑을 무너뜨리며 터지는 슬픔
용서받은 오해의 섬이 부질없었다
이미 가고 없는 목소리가
그 숲에 싹을 내밀어도
나를 기억할 수 없는 아득함에 있다

뒹굴거리다

쓸쓸한 화사함을 깔고 앉은 사과나무가 바람 앞에 섰다
꽃 피우려 애쓰는 뿌리의 소리를 가지 사이에 끼워
탱자 담장 너머 기웃거리는 눈과 귀에 집중하여 살핀다
호기심은 존재의 의미를 캐는 괭이가 되어
툰드라의 바람 아래 피부 각질 긴장을 팽창시키고
플라즈마통에서 준비하는 것으로
그리움의 깊이를 고정한다
꽃을 분류하는 일은 시간의 계단을 오르는 일이다

산다는 것의 뿌리를 찾는 관찰
사랑과 별의 꽃은 다른 것일까
아무도 과거나 미래 때문에 멈추려 하지 않고
웃음보다 빨리 사라지는 꽃잎을 지폐로 휘두르며
차곡차곡 삶을 낭비하는 버러지들의 뒤에 줄선다
작은 기술에 넘어지긴 했어도
결국 떫은 신맛을 해결해 주었던 네게 말을 걸기로 했다
가루로 뿌려지던 너를 3D 프린터로 재구성하면
내 속 비어 있던 자리에 붉은 심장이 쑤욱 들어와 앉는다
실컷 뒹굴거릴 거라는 말을 풀어놓으며
헤설픈 웃음으로 모여선 나무, 나무들

꽃은 열매를 보지 못한 채 사라진다, 그러면 어떤가

목숨의 틈

죽은 목숨 산목숨이 뒤섞여 있는 공간
나무도 혼자 있기 싫을 때가 있었나 보다

별이 되기 위해 가능한 일을 모으며
지켜야 할 것이 있다는 걸 알게 되었다
햇살이 꾸덕하게 말라 가는 오후
그늘 없는 질문으로 만나
앞산의 가슴 죽지에 고개 묻으면
모든 순간이 너를 향해 열린다
인연의 피고 짐이 운명으로 정해져 있다는 말
네게로 연결된 거미줄의 탄성이 느슨해지고
시간의 긴장감은 지문의 회오리로 어지럽다

지나가는 바람에 화내는 일은 무모했다
구름은 산을 넘기 위해 빗방울 떨궈야 하고
낙엽 더미에 지워진 길에서
올해 떨어진 잎이 길을 잃었다
시간 끌면서 어물쩍 넘어가려던 나태가
모든 길목 지키던 죽음의 기운에 놀란다
구름이 심심하다고 겨울을 숨겼을 적도 있었다
푸른 사람들 입이 궁금하다고 아우성일 때

남은 생은 아쉽기만 하단다
낙엽을 쓸 줄도 모른 채 모으기만 하는 이들이
뿌리에 양보하지 않으면서
상자에 담아 두기만 하면서 자랑에 빠져 있다
그것이 썩은 사과여도 상관없고
깨진 기왓장이어도 관계없다
바람 멈춘 적 없는 길을 걷는 것으로 지나온다
시간은 한쪽 모퉁이를 열고
우리는 그 사이로 지나갈 뿐이다

과수원 웃음소리

아무도 사랑을 데려오지 않았어
사과가 흐느낀다는 사실을 믿지 않았는데
그날 밤 그 소리를 듣고서야 밤하늘 가로지르는
가늘고 긴 울음의 정체를 알 수 있었어
나무의 그늘에 뭉쳐 있던 별빛들이
잡힌 숭어 떼처럼 퍼덕이는 걸 알게 되었어

아무도 내 기억의 손 잡아 주지 않았어
바람이 불편한 건 나무의 기침 소리 때문이었을 거야
삶을 말하는 자만 모르는 삶이
강가 조약돌로 굴러다니고
울 너머 기웃거리는 자리에 설익은 자랑이
흥건하게 고였어
떠나는 나뭇잎의 부서지는 소리가 더 푸르게 걸린 거야

보고 싶다는
말이 소리되어 나오는 순간
마음이 빗방울로 흩어질까 봐
품고 살기로 했어
폭풍우를 견디는 건 나무도 물도 힘들었어
고통을 키워 잊게 하는 시간
그렇게 젊음의 시계가 낡아 간 거야

언젠가
풀과 바람의 이름 부르며 살기로 했던 기억 떠올렸어
내 것 아닌 것을 돌아보지 않고
내 것의 소중함을 하늘 무게로 느끼고 있었어
주머니에 숨겨 둔 별을 돌려보내기로 했어

떠도는 섬의 노래

우-우-우~
나의 관을 안고 노랠 부른다
꽃이 피었으면 지는 것이 당연하듯이
내 태어날 땐 연초록 얼굴이었다
어느새 갈색 팔다리로 삐걱거리며 걸을 때마다
흔들린다
내일 죽을 것처럼 사랑했어도
백골로 누운 먼지일 뿐이다

나뭇잎보다 반짝이는 삶은 아니어도
거적대기에 누워
손가락질당하지 않는 하루를 살아야 할 텐데
신의 나라에 발을 걸친들 무슨 의미가 있겠나
욕심을 내려놓지 못한 채 그리움으로 위장하였다면,
사랑으로 죽어도 좋다고 말했던 꽃의 시절이
이처럼 허무하다
느닷없는 번개에 굵은 가지 한두 개 잃었어도
결국은 살아남은 나무였다
씨앗 날아가 새 땅에 깃발 펄럭이는 목선이었다

황야의 척박함일수록 기도가 샘솟아 나고

사막이나 툰드라에 뿌리내린 꽃이 더 아름답다는데
신전의 기둥을 잡고 울어도 응답은 없고
모든 문제의 답은 내 안에 있다고 말한다
수도원 마당에 널부러진 침묵의 꽃으로
내 남은 날의 노랠 채운다

별 그늘 아래 1

별 그늘 아래 커피향을 마신다
별 그늘 집 창에 연분홍 그리움 그리면

늘 그 자리에 머뭇거리는 그대는
해의 미소에 취해 내 눈길 느끼지 못하는
사랑의 바보

늘 너를 향해 서 있는 나도
네 주위 빛나는 해에는 미치지 못하기에
한발 앞 선뜻 나서지 못한 채
베롱나무 뒤에서 눈길로 말하고 있다

별 그늘 집에는
네게 보낼 시를 적은 꽃잎이 있다
시인은 웃자라는 사랑 가지를 자르고

별 그늘 아래 2

별을 보고 알았네
내 마음 가는 곳에 핀 꽃
별빛 떨어진 곳에서
꽃은 다시 별이 되어야 한다는 것을

심장의 피 다 뽑아 피운 꽃
내 사랑 하늘에 닿아도
그대 눈길 주지 않으면
썩은 사과 무더기일 뿐

밤길 걷는 그림자
별 그늘 아래 사랑의 창이 떨리네
새벽이 올 때까지 기다린다면
그대 마음 열 수 있는 꽃이 된다네

간신히, 자두꽃

달빛 머금은 자두꽃
혼자 울고 있는데
그림자 밟고 떠난 시간은 구름 형상이다
사랑으로 죽을 수 있다던 푸른 결심도
하루 저녁 붉은 노을일 수밖에 없고
그날의 노트에는
사랑 말고도 무거운 그림자가 더 있다고 적어 두었다

강 건너 내세를 믿는가
찔레는 스스로의 가시에 난 상처 흔적으로
꽃을 투명하게 피우고
방향 어긋난 사랑의 약속은 낙엽보다 메말라 있다
불꽃의 사랑도 서쪽 하늘 허무에 젖어
푸른 연기로 흐느끼고
촛불은 꺼지기 마련이라는 걸
아는 게 두렵다
수천 겁을 사랑으로 건널 수 있다는 말
믿었는데
왜 강 건너편에 아무도 보이지 않을까
욕망과 본능이 고여 썩은 늪을
떠나보내야 했다, 간신히

3

몰락 예찬

공작단풍

나무와 담장 사이에 보이지 않는 손이 있다
그 어림에 저들끼리 나누는 낱말이 붉다
서로의 말을 들려주려고 흔드는 팔이 앙상하다
젊은 날의 일은 잊을 수 없는 것
옹이 훈장이 늘어갈수록 나이테 무늬는 선명해진다

바위 심장 쪼개질 때의 비명이 하늘로 전해지고
마음 적은 낙엽 한 장 바람 타고 하강할 때
숨 멎는 초식동물로 살았다
살아도 시간의 끝을 볼 수 없는
허허로움
겨자씨보다 작은 것으로 당당하게 살아가는 그가 놀랍다
단풍과 담을 나누자고 씨름한
강아지풀이 흘린 땀으로 종탑은 흥건하다

인간으로 태어나고 싶지 않았다
들풀로 '와와'거리며 한생을 마쳐도 나쁘지 않은데
공작단풍으로 태어나
인간이 가진 욕심과 욕망의 끝마디에 펄럭이는
허무와 허망을
갈비뼈 위에 적는 것은 하고 싶지 않았다
붉음을 넘기 위해 가을을 인정할 수 없었던 나무는
믿음으로 모은 구슬을 햇살에 말린다

늘 그렇다,
—아내에게

하늘 들고 땀흘릴 때 옆에 서 있던 그대
바람의 노래 같이 부르며
나이테 붉은 무늬를 하나씩 그렸다

도끼질 한 번에 쪼개진 자존심
딱따구리 부리질의 통증은
혼자 감당하기로 생각한다
이르다
찬란하던 과거는 회전의 어지러움에 빠져
꽃의 말이 톱밥처럼 흩어진다
그리고 불타오른다

흐름은 시작과 끝을 받침으로 괴고 있기에
책상다리나 기둥으로 나머지 하늘을 만지고
얇은 종이로 기억을 저장하기도 했다
더 이상 꽃 피우지 못하는 건 참을 수 있어도
사랑한다고 말할 수 없는 게 슬펐다
소롯길 끝
준비한 소깝 더미에서 부스럭대는 심장
시작점으로 돌아가기 위한 불에 몸을 내어 주면서도
그대만은 오래 견뎌야 한다고 말한다

카페에서

눈물에 이름표를 달아 준 적 있는가
나비에게 배추밭을 선물하기로 한 날
선명한 날개 무늬에 구름의 사랑을 담아 보려 했던 거야
아메리카노 향기에 빨대를 꽂으며
너와 나 사이를 선분으로 이어 보려 노력했어
창문 너머 낱말이 흔들리고
밤에 날리는 눈발이 절뚝였어
빨대 목을 꺾기는 쉬웠지만
에스프레소 향을 삼키는 일은
배추밭에 떨어지는 눈꽃보다 선명했어
치즈 조각 케이크의 배를 갈라
직선의 기억 담는 일을 반복했어

잎맥 선명한 줄장미 손등에는
가시 나란한 떨켜가 있었어
창가 구석자리에 웅크려 있던 고통이,
조금씩, 아주 천천히
마을로 내려오는 저녁의 침묵을 삼켰어
능선의 끝으로 침몰하는 의식이
베란다 창밖에서 넘어진 거야
날개 접질린 나비의 생각 읽은 것이 창피했어

얼음 사이로 올라오던 사유가 끝나고 마침내
허공에 버려진 거야
그게 맞아

당의정

내 입에서 나온 가시가 바위 계곡을 긁으며 흐른다
흐르다가 만나는 말들과의 출렁임으로 걸려
소용돌이에 휘말리며 상처를 주고 또 받다가
푸른 바람을 구매하기로 한다

말은 서로 몸을 문지르며
짐승의 소리로 하늘에 올라간다
나무의 끝에 매달려 말라 가는 손보다
창백하게 죽는다
호탕하게 웃으며 깊은 계곡 만드는 그 출렁임은
이상향이어도 허상이다
도착점이기도 했다
생각의 씨앗을 심어
구름을 추수하는 겸손은 죽은 지 오래
골분마저 날려 사라지고
말하지 않음과 침묵은 서로 다른 뿌리에서 나온 것임을
겨우 알게 되었다
무지개색 말들을 펼치는 부전나비 애벌레에게
새로운 하늘을 주는 것이 의미가 있을지 고민했다

시를 쓰면서 혹은 읽으면서

별빛 떨어진 꽃밭에서
별 부스러기, 달 부스러기 찾아다니는 짓을 한다
생각에 틀을 끼우는 작업은 참으로
험난한 바다를 건너는 일이다
별에 단풍 들었다는 붉은 울음을 더듬이로 타전하며
네게서 온 말을 모두 지웠다
달콤함에 속아 감정의 노예로 살아온 것을 알았다

새는

좋은 목소리로 노래하기 위해 눈뜰 때도 있었다
가을의 굴곡에 순응한 채
사랑하는 나리꽃을 한번 만나기 위해
남은 햇살을 반납하기로 했다

위험한 덤불 지나는 곤줄박이 깃털에
내 그리운 목소리가 묻어 있기에 견뎠다
그 새 웃음소리 듣기 위해, 내 심장이
비눗방울로 터져도 좋다고 생각했다

노랑 노래 한 곡
담장 아래 펼쳐 놓았을 뿐인데
사랑이라는 허울뿐인 외투를 반납하는
바보새가 있다
부러운 건 아니다
너무 무거워 숨쉬어지지 않는 것이다

항아리에 쟁여 둔 슬픔

빛과 어둠의 제단에 목숨을 올린다
끝을 들고 시작의 상관관계를 찾기 위해
불을 든 것이다

슬픔은 더듬이를 통해 전달되고
머리 비우고 생각으로 허리를 채우기까지
덧없는 인연이 수없이 명멸했다

먼지 되어 흩날리는 꽃잎이 인생이라면
마음 붉은 게 무슨 죄이겠는가
불꽃에
사랑을 심은 것을 탓하고 싶지 않았다
생각 가는 곳에 손이 닿아도
수습되지 않는 어울림을 덜어
항아리에 쟁여 두기로 한다

초록 슬픔이 더듬이를 통해 전달되면
아직 갈 길 멀다고 바람이 민다
아무도
길의 끝이 여기라고 알려 주지 않는다
내 슬픔이 곰삭으면 진주가 된다

몰락 예찬

시는 낙엽이다
2월 샛바람에 떨고
오십 년 빛바랜 종이에 걸터앉아 저 혼자 고고하다
살짝 부는 바람에 잦은 기침으로 존재를 알리는
장미꽃이지만
짚불처럼 금방 사그라져 후회한다
아무도 알아 주지 않는 자존심에 빠져 있다

방금 그린 무덤 속 벽화다
돈 되지 않는 것의 푸른
비장함을 대표하여 심야토론장에 나온 순간
다들 리모컨의 버튼을 누르는 수고를 아끼지 않는다
모두가 시의 죽음을 알고 있는데 저 혼자만 모른 채
반짝 짖는 개다
시대는 이미 저만큼 달려가 버렸는데 혼자 옛 영화에 빠져
언어를 깔아뭉개고 짓밟기를 즐겨한다 참 잘 나가기도 했다
늘 자신의 시종으로 엎드려 있는 녀석마저
다른 길을 찾아 떠난 것이다
언어는 시라는 귀족이 주는 아픔과 멸시에 짓눌려 있다가
구멍난 그물로 생선 떼 줄지어 나가듯 나가서
다른 성을 쌓은 것이다

시의 성에는 이제 빈 그물만 덩그러니 남아 삭아 간다
아직 깨닫지 못한 시인들은 빈 성에서 녹슨 창 들고 서서
밖을 노려보며
구멍난 그물인지도 모른 채, 어리석은
고기가 들어오길 기다린다
이미 지나간 유성은 다시 돌아오지 않는다는 것을
인정하지 않고
밤새 하늘을 쳐다보고 있다
시의 피로 생명을 유지하는 일단의 집단
그들에 의해 숨이 끊어져 싸늘하게 식은 시의 몸뚱이에는
독버섯만 와글거린다
그것도 수확이라고 히죽거린다

사랑의 그물

치울 수 없이 시선을 가로막는 안개는
늘 난감했다
느리게 가는 우체통 앞에
마주 오던 바람이 잠시 앉는다
커피향에 담긴 외로움의 크기가 서로 달랐다
하늘을 보면
크고 빛나는 별도 있지만
작고 조그마한 것도 있다
힘들어도 감당할 만큼의 어려움을 준다는데
죽도록 힘든 바람이 앞을 막아선다
잠들고 싶은 조약돌,
몽돌밭의 소근거림은 물결의 잠을 허용하지 않고
내 가슴의 그리움은 온 개울을 흐느끼게 했나 보다
사람 사는 곳에 바람 불지 않을 수 있겠는가
만남과 헤어짐은 마땅하지만
내 사랑은 날개가 될 수 있다는데
날개가 되어야 하는데
그물이 되어 휘어 감는다

외로움의 크기가 서로 달랐다
가슴의 공간이 맞지 않았을 뿐이다

느리게 가는 우체통 속을 열어
광년의 사랑을 끄집어내어 하늘에 비춰 본다
순간 사라진 안개가 고맙다

자두꽃

자두나무 뼈 부서지는 소리 겁다
꽃잎 떠나보낸 눈물은 녹색 방울이더니
속이 다 썩었나 보다
떨어지는 꽃잎은 다른 생명을 흔들만큼 개구지다
원래 한 몸이던 것이 풀어지는 아픔
어미 몸에 붙어 있을 때가 좋았다
불꽃의 화려함을 참고 뭉쳐 있었다

시곗바퀴에 멈춰 있지 못하는 리듬이
먼저 옷고름을 풀어헤친다
먼지도 제 역할에 충실한데
아무에게도 속하지 않는,
속할 수 없는 것을 욕심낸 꽃잎
물관을 타고 오르는 욕망 하늘하늘 떠나고
헤어짐은 꽃잎이 마르는 것일 뿐
부러진 자존심의 흐름에 구차함을 더 쌓는다

이별이 힘들어지는 나이
햇살의 달콤함을 국수처럼 뽑아
눈물 모양으로 뭉쳤다
자두 떠나가는 순간은 뒤돌아보지 말았어야 했다

며느리밥풀꽃

간절함을 말할 때 옆에 있었다
갈봄의 끝에서 창 닫으며 그리움은
건너편 붉은 냄새나는 흙에 묻고
떠나온 곳의 기억을 빨래처럼 털었다

보고 싶은 그림의 생각 지겹게 지운다
더 이상 그리울 것 없는 사랑이
빗방울로 부서지고
이미 굳어 버린 배고픔은
구름 위에서 내려올 생각 않는다
오직 믿을 건
흰 꽃 뒤에 검은 꽃이 없다는 사실뿐
내 앞의 허기짐은
사랑보다 큰 흐름의 강이었나 보다

촛불은 꺼져도 강물은 그치지 않고
세상 어디에든 길이 있다는데
산에도
들에도 허공에도
공허한 마음만 분분하다
앞니 두 개로 웃는 아이가 안쓰러워
바위처럼 남아 목숨의 길을 굴러간다
운명이라는 말이 참으로 가혹하다

사랑의 노래

루루루 루루루 루루 루루루
돌은 내가 보지 않을 때 구르고
그 소리에
온 들이 눈뜨고 노래하네
때늦은 봄비에 연못물 넘쳐도
그대 발자국 소리 들리지 않네
내 인생에 가장 빛나는 시간이
뒷산 언덕을 넘어가고 있네

한번 핀 꽃이 지는 건
사랑을 시작할 때 정해진 운명이기에
한번의 목숨으로는 바꿀 수 없네
하나를 얻으면 하나를 잃고
하나를 잃으면 하나가 생기는 걸 말해 주네
다음 생에 다시 만나기 위해 이생에
헤어진 것이라면
더 이상 아파하지 않기로 했네

그때
전생의 기억 다 지워진대도
희미하게

아끼는 마음만 있으면
나 알 수 있겠네
그대 심장에 새겨진 사랑의 노래를
루루루 루루루 루루 루루루

홍시, 투명하다

맨 끝에 달린 것을 꼭지라 부른다
어쩌다 삶에서 별의 위치가 바뀔 때도 있고
눈앞에 찬란하던 그들이 어느새
백색왜성 되어
남태평양 불룩하게 융기한 아랫배에 붙어 있기로 했다
내 삶의 미세한 내려앉음은
초가지붕의 꺼짐과 흡사하다고 생각했다

이 별로 키운 아이의 꿈은
성장의 반비례에 호응하여 물렁해지고
시간의 경과를
익음과 성숙으로 표현했었다
부패와 삭음도 그 어디쯤 장식 목걸이로 걸려 있었다
흙이 서로 엉겨 주홍을 붙들고
맥박 주기에 맞춰 두드리는 미세한 편두통에
예민해져 아귀힘을 놓아 버렸다
별의 침묵이 짙어질수록 검은 윤기로 침잠하는
주기적 통증은 감상의 늪으로 끌고 들어간다
차가움으로 무장한 별에서의 걸음은
빛이 약해지면서 중력을 잃었다
그만큼 낡아서 헐렁해졌다는 말이고

날카로움이 무뎌졌다는 말이기도 하다
키 작은 풀꽃은 무시당해도 그냥 웃는다
아무것도 아니었던 상태로 돌아간다는 걸
이미 알고 있다는 듯이

억새 울음

너를 향해 앉아도 눈을 마주해도, 우리는
서로 투명하다
무서리 내리는 긴 밤과 갈색 담장 때문에
아주 멀어
방법을 보여 주지 않는다
같은 방향을 봐도
다친 마음 다독일 여유가 없고
여러 욕심에 끌려 다니며
네게 상처를 주고 말았다
치유는 자존심보다 멀리 있었다
인연을 얻으면 행운이고
잃으면 운명인 거라고 체념했다
스스로 나를 죽여야
네게 갈 수 있는데
왜 나를 이해해 주지 않는지 섭섭했고
원망했다
속으로 우는 네 울음을
억지로 외면하며 합리화했다

억새가 나무처럼 굳건히 서서
하늘이 되지 못함을 아쉬워한다

집착에서 돌아서면 천국인 것을,
누굴 탓하겠는가
속으로 우는 억새 울음 하늘을 덮었다
종일 흔들어도
흔들리지 않는 억새가 되기로 한다

사랑은 작은 알갱이로 남는다

새벽에 바다를 볼 수 있을 거라는 말에
현혹된 것이기도 했다
사랑의 별이 서쪽 하늘에 떠 있는 시간
말 이전의 것이 푸르게 침잠하여 진록의 외투를 여미고
태어나기 전 정해진 운명의 사랑은
손목 파동으로도 출렁였다
별의 부족장이 되어 갈색 지팡이로 땅 두드리면
너와 나 사이에 콤파스 두 개로 번져 가는 허무
죽음의 두려움 넘어 살려는 의지가
무덤 위 바람으로 흘러 사라진다
그래도 사랑은 작은 알갱이로 남을 것이다

그대 심장의 따스함을 위해
말로 만든 진흙 인형을 세웠다
눈물이 자라 고드름이 되는 별을 알고 있다는
누군가의 유혹을 뿌리치지 못해
신성한 경전에 손 올렸던 기억 떠나고
하지만 무모한 편들기만 남은
경계의 한 지점을 위해 응원할 수 있을까
나는 제3법칙에서 너무 오래 부유한 것에 대해 반성했다

갈증은 고통을 수반한다
고통보다 더 큰 욕망을 펼친다
불을 얻기 위한 노력에서 자유로울 수 없었던 동굴에서
습관적으로 걷고 생각 없이 말하는
심지 없는 날들의 중첩
을 접기로 했다
억누를 수 없는 화산처럼 터져나오는 사랑은 참
허무했다

순수한 용서만 꼬인 줄을 풀 수 있었다

자성의 시

순백이라는 것도 순수하지 않았다
끊임없이 높이 나아가는 것이 허망한 일인 줄 알면
자작나무는 어떤 소리로 불을 맞을까?

태어나진 것은 과연 고마운 일인가
얼마나 끈적이는 늪이 푸름을 위장하고
시시콜콜 노리고 있는 줄도 모른 채
내일의 두려움에 노출된다, 희망이라는 이름으로
어제가 한 길 만큼 지층으로 쌓이면
감각이 무뎌진다지만
넘어져 까진 무릎이 아프지 않을 때는 없었다
한잔 술잔에 담긴 의미를
몇 줄 언어에 담으려는 무모한 짓은 관두자
먼저 가고 나중 가는 차이일 뿐
결국 어디에선가 먼지로 만난다는 말
슬퍼할 필요도 이유도 없는 하루이지 않은가
잠시 지나가는 삶에서 우연히 소매가 스친 것이다

꽃피기 위해서는 살갗 찢는 아픔이 있어야 한다
고통을 펼쳐 놓기만 해서는
붉고 탐스런 꽃을 기대할 수 없다

큰 아픔은 나의 것이고, 언제나
큰 꽃을 위해 폭풍 헤쳐 나가는 돛단배이다
뿌리 끝까지 슬픔에 들썩여도 살아야 한다
피가 뜨거워질 때까지 진실 아래 주저앉아 울어야 한다
순식간에 지나가는 다리 난간의 하루에
눈물에 꽃의 의미를 부여하는 일은 그만두어야 했다

순수하고 깨끗한 초인은 없었다
다만
위장술이 얼마나 정교하냐의 문제일 뿐

빈 방이 무겁다

뒤꿈치를 통해 심장에 울리는 날
내일이 오지 않을 수 있다는 말에 고개를 주억거렸다
실크로드 마지막 도시, 아니 시작의 주막에서
맥주 한잔으로
발등에 따라온 타클라마칸의 모래 먼지를 씻는다
바람의 길은 혜초의 걸음이기도 하고
낙타 귓등에 쌓인 별빛을 털러 가는
사막여우의 울음이기도 했다
알마아타 동굴 벽화에서
양손을 어깨만큼 올리고 선 신라인은
아침에 헤어진 눈썹이
왕릉의 소나무에 걸려 있는 걸 보았을까

상수리나무에게도 이번 가을은 힘겨웠나 보다
당당하던 팔을 굽히지 않았어도
잎이 그녀의 스카프 색으로 물드는 걸
지켜보는 표정이 안쓰럽다
연녹색 잎이 진록이던 손등 다 떨궈 내고
빈 가슴으로 지신 맞이할 준비에 바쁘다

두 달 사이로 딸과 아들을 보낸 아버지는
홀가분할 수 있었을까
아무리 가까이 출가를 해도
주인 없는 빈방에 쌓이는 먼지는 훈기가 없다
어깨 처진 채
두런거리는 목소리가 기어나오는 틈으로
유난히 무거운 겨울의
관절 삐걱이는 소리가 시린데
빈 방이 더 무겁다

구름의 욕설 한마디

산 자와 죽은 자 사이에 섰다
감정은 많이 불손할 수 있고
까마귀 울음소리는 양떼구름 위에 머물렀다
백합나무의 갈증이 뇌의 습곡에 전달될 때까지
눈을 감았다
그러던 잠시
내가 아는 신의 이름 중 하나를 잃어버렸다
또 하나를 길에 흘린 것 같아
아무리 되돌아 달려도 보이지 않았다
옥상의 이불 빨래가 동사무소 깃발처럼 바람에 젖어 있다
뉴우런의 전등은 반응할 수 없었나 보다
바벨탑보다 높아지는 건물들, 마천루
인간의 존엄은 한순간에 무너질 수 있다는 걸
모두 알면서도
펄럭임과는 무관하다고 생각한다, 욕심에 절어
너도 무심한 것에 포함된다
나는 슬퍼하고야 말리라
높이 날아 바람 가르는 새를 잊은 것이 당연한 것처럼

손과 눈에 찍힌 이 흙탕을
어떻게 씻을지
구름이 욕 한마디 시원하게 퍼붓고 지나간다

눈으로 뭉친

내 그리움은 층층나무에 앉아 스스로 빛나기 시작했다
생각이 눈을 통해 나가떨어진 자리에
돌의 뿔이 자라고 있었다
울거나 앉았어도
꽃이 아닐 수 있는 그림자
선 굵은 목도리로 안개를 감싸고, 널
부르는 소리는 버퍼링 걸려 자꾸 돌아오고 있었다

손 내미는 순간 사라지는 몽환의 꽃잎
밤새 일군 보고 싶음은 억새꽃으로 날려 가고
새털구름과 실핏줄 뭉치는 두류산의 눈발로 떠났다
너와 나의 틈새는 푸른 그리움이 막아 버렸다

철새에게 소식을 듣는 것이 두렵다
창으로 들어오는 화안함이 부담스러운 만큼
지나온 폭풍우가 힘겨웠다
하루만큼의 그리움은 하루를 살아내는 힘이다
다시 그 시절로 돌아가고 싶진 않다
간밤 지붕 덮은 하얀 그리움은 아침 햇살에 사라졌다

아버지, 아

그날의 눈물방울에는 미세한 금이 가 있었다
시간의 갈색 표정이 흔들리는 강가
푸르지도 못한 소리가 물결에 까무룩 잠긴다
지금까지 풀섶에 숨겨져 있던 아버지의
목소리가
덜컥 일어나 나를 부르는데
가슴 멍하다
해드린 것 아무것도 없는데
나는 잘 살아 있구나
강 건너 가지런히 선 물풀의
머리끝 색이 변하는 것도
이 시점에 중요하지 않았다
지금 살아서 그다음에 어떻다는 말인가
다들 가는 길을 따라가고 있으면서
나만은 특별한 길 가고 있다는 자랑질이 누추하다
누굴 평가하는 것은 신도 하지 못하고
평가받는 일은 더더구나 싫었다
비행기구름 사라지듯 직선은 흩어지고 누렇게 울먹였다
그렇게 걷지 못함을
벗어나지 못하는, 벗어날 수 없는 시간에
아버지의 날개뼈가 풍화되고 있었다

메뚜기는 날아도 나는 날지 못하고
땅강아지는 땅속을 달려도 따라할 수 없는 인간이
바벨탑인 줄도 모른 채
등짐 지고 엘리베이터의 숫자 누른다
눈앞 하루가
저 혼자 바쁜 것 보지 못하고 환삼덩굴로 종아릴 문지른다
그렇게 사라지는 것이다
사라지는 것으로만 칭찬받아야 한다
눈물방울의 미세한 금이 자라고 있었다

홍시가 익으면

너무 높이 자리잡은 게 결정적 흠이었다
툰드라 순록 썰매 자국이 눈에 덮이기 전 너는
까치의 것으로 정해져 있었다
오키나와 해역을 출발한
뿌리 깊은 회오리 채찍을 맞으며
노을의 손등을 모아
몇 개의 심장을 뭉치기 시작했다
충분히 말랑한 성질을 유혹해 보기로 했다

늦은 퇴근 아버지 일용직 노래의
막걸리 트림에 은근슬쩍 끼어드는 냄새
누구든지 둥치에 기어올라
가지 끝으로 손 뻗으면
부러질 준비가 되어 있는 뼈의
유혹이다

한꺼번에 다 마시지 않은
해 담은 알맹이
부리에 쪼이며 떫음 가세지는 것이다

살아가며 다치고 또 그만큼
성숙해지는 게 인간의 길일진데
겨울이 익어 붉게 터지는 날
그 아래 기다림은 고통이었다

만날 수 있다는 보장은 누구도 해 주지 않았다
아니
얼굴을 맞대는 것에 대한 두려움이
아직 가시지 않은 것이다

물 한 양동이

하얀 운동화에 노랑나비가 앉는다
유년의 검정 고무신은 닳지도 않았다
참 내게도 엄마가 있었지
너무 오래되어 가물한 기억에서
두레박처럼 매달려 나오는 흑백사진
엄마는 내가 이래 사는 걸 좋아할까
느티나무 고목
정수리에서 심장 파서 박새에게 보금자리 내어 주듯
다 나눠 주고 껍질만 남은 늙은 나무에게도
나는 물 한 양동이
시원하게 퍼부어 주질 못했다

낙엽을 떠나보내며
내년 봄
새 잎 흔들 걸 의심하지 않던 시절
당연히 오리라 생각했던 것이 험난한 두려움으로
밀려온다
나도 굴렁쇠가 되어 비틀거릴 걸음인데
내 뒤 따라오며 밀어 주는 손길
한 양동이 샘물을 내 발밑에 부어 준 걸
몰랐다
양떼구름 모여
함께 서쪽하늘로 가는 걸 몰랐다

옹기

흙으로 만들어진 것은
불의 다리를 견뎌야 방패가 된다
바람으로 펼쳐진 소리를 활로 울려내면
사랑의 불은 속까지 푸르다
날개의 끝에서 비로소 완성되는 표정
견디지 못하면 허물어진다는 말이다
흙에서 태어나
목숨을 담을 수 있는 생각의 함성

아버지도 그랬다
흙이었을 것이다
흙이었나 보다
흙이 가진 옹기의 곡선을 알고부터
내 안의 미움에서 벗어나기로 했다

아버지는 그 안에 무엇을 담고 싶었을까
오래 깨어 있어
지켜야 할 것이 있었을 것이다
내 아이들이 나를 굽는 불길은
벌써 시작되었나 보다
옆구리까지 뜨겁게 올라온다
그들이 나를 이해할 때까지
숨쉬는 옹기로 남아 있어야 할 텐데

분홍 제라늄의 고백

다들 하루가 힘겹다며
치유되지 않은 상처에
다시 상처를 덧씌우며 살아간다
내일은 오늘보다 나으리라는 기대는
계란 껍질처럼 잘게 깨어지고
이제 그만 살아야겠다는 생각도
내일 하자고 미룬다
신을 향한 눈물과 기도는
자기 생명의 내일을 장작으로 쓰는 것일 뿐
신 만이 들어줄 수 있는 소망은 진작에
쓰레기통에 버렸다
거울 속에도 진실이 있다고 믿으며
믿으며 여기까지 왔는데
우물 속에 있는 달은 아직 나오지 못했나 보다

오직 함께하는 아내가 고맙고 또 의지하는데
노을밖에 물려줄 것 없는
자식에게 미안할 뿐
추하게 익어 가는 나의 주름이 하찮다
태어날 때 가지고 온 행운은 벌써 다 써 버리고
남은 건 아직 딛지 않은 밋밋한 날들과

젊은 날 거들떠보지도 않던 아주 작은 기쁨의 부스러기들
"가자!"라고 자주 외치던 노시인은 먼저 떠나고
그의 술잔 앞에 퍼질러 앉은 달빛은
서산에 걸린 붉은 울음을 들고 주인을 찾고
저 꽃은 이번 겨울을 어떻게 넘을지
볼 때마다 가슴이 쎄하다

사랑의 꽃

내가 보지 않아도
민들레는 피어 들을 밝히고
달력 넘기지 않아도
대추는 별빛 모아 붉어진다
매일 저녁 당신이 차린 밥상에 앉아
호박잎에 강된장 쌈을 먹고
아랫목에 함께 누우면
방 밖에 어떤 달빛이 불러도 내다보지 않겠다

삶은 생각으로 움직이는 것 아니라
선택한 대로 흐른다는데
내 마음의 의자에 그대 앉으면
대추나무 사과나무 부럽지 않은
칡소가 되어
웃마을 기슭밭을 갈고 있으리
이만하면 풀꽃 같은 하루를 보여 줄 수 있겠다

4

모
난
돌
일
기

유화의 편지

사랑하는 낭군 해모수님
당신이 천제님의 부름에 더 이상 버틸 수 없어 떠나고
저는 많이 아팠어요
당신이 사랑의 증표로 준 꽃반지는 아직 간직하고 있어요
천제님의 노함이 너무 커서 아직 돌아오지 못함을 알지만
밤마다 흐르는 은하수가 아픈 마음 달래 주고 간답니다
우리가 함께한 날들이 길지 않았지만
그 반짝임으로 충분히 당신 기다리며 살아갈 수 있어요

이웃 사람들은 당신이 내 아버지인
하백의 물 흐름에 불만 품고 하늘로 올라간 줄 알고 있지만
나에게는
천제님의 호출로 가야만 한다는 걸 말해 주셨지요
천신의 아들이 인간의 삶에 관여하면 안 되는 줄 알면서도
당신은 내게 팔베개를 해 줬고
우리의 아들에 대한 그림을 그려 주었지요
당신의 날개 깃털이 산에 들에 눈송이로 날릴 때면
그로 인해 돌아갈 수 없는 이유가 된다고 기뻐했지요

내가 실어증에 걸려 말할 수 없을 때
별의 요정은 은하수를 타고 와 당신의 근황을 속삭여 줬어요

얼른 내 곁에 오고 싶은 당신은
하늘 벽의 담을 넘다가 들키기도 하고
하늘의 땅인 권적운에 구멍을 뚫다가
구름이 무너져 비로 내리는 것 때문에
다시 구금 기간이 두 배 네 배가 되었다지요
내가 아무런 도움이 못 되어 미안해요
우리의 눈빛이 마주치면 들판에 꽃이 피고
우리 대화에 웃음이 터질 때마다 능금나무에 달린 능금이
붉어졌지요
함께 구름 위를 거닐며 주고받던 말들을 생각하면
지금도 심박수가 빨라지고
홍조는 얼굴에서 온몸으로 하늘로 번져요
그러면 나는 아무도 모르게
흑룡강이나 아무르강이나 어디든 뛰어들었어요
은하수에 들어가 물장난하고 놀 때가 가장 좋았어요

사랑하는 낭군님
당신이 반드시 내게 오리라는 것을 의심하지 않지만
너무 오래 기다리게 하지는 마세요
인간의 목숨은 백 개의 봄을 견디지 못해요
기다림에 목말라 아무르 강가 서어나무가 되어도

그것이 '나'라는 걸 당신은 금방 알겠지요
이 땅의 모든 목숨 있는 것들이 당신을 기다리고 있다는 걸
천제님이 알아 주셨으면 좋겠어요

오늘은
천제님께 속죄의 의미로 나의 목숨을 제단에 올리겠어요
육신의 삶은 사랑을 완성하기 위해 필요한 것
이라고 하셨잖아요
우리의 사랑은 이미 완성되었기에 영혼의 사랑을 위해
육신을 벗고 당신께 가겠어요
이제는 당신 손 잡고 별이 꽃으로 핀
저 하늘 강가를 걷기로 해요
햇살이 눈부셔요

개똥으로 살기

내일 출근하지 않는 날이기에
잠들려 애쓰지 않아도 된다
육 일간 일하고 퇴근할 때는 날개 펼친다
머리 쓰는 일 버리고
몸 쓰는 일, 땀 흘리는 일로 하루가 간다
전보다 주머니 얇아도 비울 시간 부족해서 남는다

고개 높을 때 어깨도 굳어 보이지 않던 여기도
사람 사는 곳이고 바람이 머물고
비틀거려도 햇살 따스한 곳이다
한잔 술에 즐겁고 힘이 난다

깨끗한 손으로 일하는 것만 좋은 것으로 알던 시절
눈도 없고 심장도 없었다
나와는 무관한 것으로 알던 그 일이
나의 우산이 되었다
지금 각삽으로 땅을 파면서 가을이 온다
지나는 사람들의 얼굴이 아닌 발등을 보면서
나도 그런 시절이 있었다고
부럽지는 않다 단지 다를 뿐이라고
그들이 땀에 전 옷으로 나를 판단하는 게 편하다
마음 편하기에 웃음 절로 나온다

삼월 편지

다음 기차가 오고 있어
종일 그리웠어 종달새처럼,
비가 소근거리고 있었어
수돗물이 봄과 겨울의 틈에 뿜어지면
칠 년 전에 못했던 일을 시작하는 거야
꿈이 있어, 평범한 걸음이어야 한다는 걸 알아
나직하고 당당함
진정한 본질은 현실에 질식당하고
네게로 가는 기차표는 단 한 장뿐이야
삶을 수정하여야 한다는 의견에 동의하기 어려웠지만
맨발로 분수에 입을 맞추는 건 쉬웠어
바꿔야 하는 것에 대한 두려움과 기대감이 공존하고 있어
이 기차는 맨 처음 사랑을 시작할 때처럼 신비로운 거야
두근거렸어
전혀 흥미롭지 않은 질문을 창문에 붙여 보기도 하고
나뭇잎 사이에 떨어진 시구절을 주워 책갈피에 꽂기도 했어

하고 싶은 걸 못하는 지난번 열차에서
도망가야겠다는 결심이 설 때
허망함이란 걸 인정하기 힘들었지만
의미 있는 삶의 나무를 찾는 미친 짓

을 할 수 있을 거라는 생각이 들었어
미리 말하지 못한 것들이 싹을 틔우기 시작했고
오늘의 기상캐스터 단추에 대해 파악하고 마침표 찍었어
떠나는 것 사이에 서성이는 그림자 뒤로
새가 날았어
삼월에는 기차를 탈 수 있을 것이라 생각했어, 네게 갈
아직 남은 날에
기대를 걸어도 좋아

4월의 시

삶은 언제나 나의 걸음과 어긋나 저만치 먼저 가고
내 꿈은 하늘 위에서 내려올 시도조차 않는다
언제나 내 편이 되어 줄 꽃이 있다는 것은
하루를 넘기는데 큰 힘이 되겠지만
그 꽃은 땅거죽을 뚫기 힘겨운가 보다
오목눈이는 공간을 밀어내며 하늘 지키는데
내가 디딘 계단은 흔들리는 돌일 경우가 많다
눈물이 진주가 된다는 말을 믿고 싶지만
나와는 먼 이야기였다
비바람 이겨 낸 나무는 산을 만든다는데 바람이 더 따갑다
눈물 마르는 느낌은 팽팽한 푸름이다
이미 예정되어 있는 이승의 끝에서
파랑 가슴과 노랑 생각을 섞어 만든 꿈으로
풀잎 위를 걷는데
겨울과 싸워 이긴 자들을 위한 잔치가 열렸지만
그들의 옷을 위한 잔치일 뿐
산 그림자 걸음이 심장을 밟고 마른 검불 떨리는 기슭
무덤 사이에 후두새 고갯짓 혼자 바쁘다
분주해도 풍족할 수 없는 자의 일기장에
병마와의 싸움에 지친 육신을 지고 수십 개의 봄을 적는다
하루 삶이 아름답지 않은 건 아닌데

하루가 모인 한생은 남루하다
나비의 날갯짓보다 절실한 생명에의 욕구가 허망하지 않은가
바람에 머리 헝크러져도 괘이치 않을 수 있는 무관심
살아 시간의 껍질을 깨고 떠나고 싶은 하늘 아래
자신의 능력을 잃어버린 신이 주저앉는다
이제 그만 눈을 감고 싶어도 남은 햇살이 조금이라는 것을 알면
망치를 잡고 지붕을 수리하러 올라가야 한다
말한 것이 살아남아 나를 믿어 줄 때
내 생각은 뿌리내릴 것이다
진실되지 못한 인간의 욕심이 하늘에 닿고
아름다울려고 핀 꽃조차 다른 의도를 숨긴 것을 들킨다
헛되지 않은 일이 없건만 들판 뚫고 나오는 새싹은
하루가 다르게 뻔뻔하다
마칠 때까지의 시간, 마지막 햇살에 고마워야 하는데
창문 닫는 소리가 애처롭다
만월에 어미를 떠나는 산호의 유생처럼 미지의 세계로
향하는 것이
우리의 삶이었다
어디서 무엇을 만날지 모르는 내일이기에 걸어 보자
절망하기엔 햇살이 너무 곱잖아

애벌레에게 잠을

꽃보다 화려한 문신은 구애의 춤이다
설레던 아침 이슬 말리는 시간의 층계
첫사랑의 붉은 핏물 떨어지고
그다음 사랑의 연분홍 더듬이 떨렸다
마지막 계단의 다홍 날갯짓에 남루함이 걸려 있다

바위 꽃이 피는 영겁의 틈에서
풀잎과 나뭇잎을 갉으며
일찍 일어나는 찌르레기의 눈을 피했다
그렇게 사는 게 주어진 운명의 톱니였다
잠든 번데기의 등이 터지는 통증은
죽음의 다른 이름이었다
그 어두운 터널을 건너야 날개를 얻을 수 있다

더 이상 갉아먹을 입술과 턱관절이 없어지고
육신의 허기짐을 초월해야 했다
동그랗게 말아올린 빨대 하나 겨우 건졌다
배부르게 먹을 수 없는 운명의 바퀴가 하나 더 얹혀졌다
그리움도 잊어야 했던 황금에의 욕심에서 벗어났다

화려함으로 죽을 수 있다는 것을
너무 늦게 알았다
그렇게 시 쓰는 나비는 잠자는 장자가 되어
몰락한 것이다

가졌다와 보내다

"사람들은 왜 잘 키우던 막내를 버리고 지랄이야."
수없이 생산한 검은 눈의 아이들을 잃을 수 있다는 생각에
사막에서 발견된, 동굴 속 그림을 믿어 보기로 했어
오래된 골반 뼈가 자리 이탈한 걸 알고 있었지만
두 개의 대퇴근에 간헐적 전류가 지나가면
그의 영역에 들어섰다는 긴장감이 '쏴' 하고 밀려 왔어
그래도 광야에 뿌려진 낱말을 낙타 똥처럼 주워
모래바람의 걸음 자국에 놓으면
여기서 도망갈 수 있겠다는 자신감이 부풀어 왔어
칠 일간의 허기짐이 내 매달린 칡넝쿨을 갉을 때면
전두엽이 연두부처럼 허물어지는 걸 느낄 수 있어
전신의 모든 뉴우런에 마비가 온다는 말이야
그래서 단풍의 가을 전선이 무너진 거겠지
게으른 녀석을 계속 게으르게 두지 않는 건 죄악이야
공복을 즐긴다는 말로 포장하면
균형 깨어진 허벅지를 예측할 수 없었을 거야
생존권 사수를 위해 불쌍한 표정으로 위장해야 했어

피리 소리 따라가는 아이들은 강물 위를 걷고 있어
길에는 빌려온 화려함이 바람의 방광 부근을 지나갈 뿐이야
왠지 모르지만 내 그림자가 그 뒤에 따라가고 있었어

앞바람과 뒷바람은 함께 물로 들어가는 거야
반려란 그런 것이라고 배웠어

보이차 한잔 내 안에 들어왔다 떠날 수 있어
내가 보내는 것이야

사색의 꽃잎

죽은 바람 사이에 산 깃발이 숨겨져 있다
나무는 혼자 있기 싫을 때 바람 없어도
손을 흔든다
빨주노초 만으로 무지개를 펼칠 수 없어도
사색은 숲을 만들기로 했나 보다
수억 년 산이 되기 위해 지켜야 할 것이 있었다
그늘 없는 질문을 굴리면
모든 순간이 네게 열려 있었다
인연의 피고 짐이 이미 습곡을 지나왔기에
연결된 거미줄에 걸리면서
표면장력이 돌아왔다는 걸 알았다

지나간 흐름에게 화내는 어리석음에 빠져
사색을 한 덩어리로 뭉쳐 봉인한 곳에
무모하게 자랑질하던 색들의 허무는
꽃잎으로 지운다
어물쩍 넘어가려 했다
모든 길목을 지키던 죽음의 형체
구름이 심심하다고 균형을 튕기고
흔들림이 궁금하기는 했지만
남은 생은 아쉬울 것 없었다

바람 멈춘 적 없는 돌담길을 걷는 것으로
긴 질문을 빠져나온다
사색은 허무로 돌탑을 쌓는다

사과꽃의 약속

선택도 포기도 할 수 없는 유일한 것
마음에 바람 일어 시간을 제촉하면
모두들 서산 너머로 떠나는 것 알게 되겠네

큰 바람이 촛불은 끌 수 있어도
그리운 생각은 끌 수 없고
소낙비 아래서도 네 목소리 살아 나오네
노을의 화려함도 네 얼굴 위에는
그려지지 않네요

사랑하는 마음 품고
햇살 아래 멈추면
그 사랑 씨앗 되어
산에 들에 묻히고
먼 훗날 눈뜬 사과들 강아지처럼
주렁주렁 열리겠지요

생각하세요 하늘에 별 하나 늘어나면
내 영혼 그대 곁에
가고 있다는 약속인 것을
단 하나 꺼지지 않는 심장의 불길로
그대의 밤을 지키겠어요

봄비

새싹이 봄비 뚫는 소리 들린다
틈 보이지 않는 자리에
새 부리로 내미는 힘 우렁차다

우리 씩씩이는 겨울 견디고
꽃샘바람 두어 번 지나면
꽃잎 찬란한 햇살 맞으러 온다
넘어져도 다치지 않을 흙
추워도 차갑지 않을 하늘을 마련한다
바쁘게 일해도 지치지 않는 즐거움
양손에 쥐고 푸르다
비 온 후
나무의 틈에 끼인 바람이 깨끗한 얼굴로 재잘거리고
잎맥 마른 풀잎이 새 숫자 들고 떠나기로 했다
그랬다
구름 띠가 선을 그으며 별을 낳는 날
네 손으로 무슨 구름을 그려도 다 빗방울이 된다

잘 웃는 별

오늘 별을 땅에 심었네요
잘 웃고 남을 먼저 챙기던 별
영겁의 시간을 지나가는 우리가
잠시 인연이 닿아 손잡고
밥 같이 먹었건만
여기까지라고 선 그어지네요
하늘이 검어지고 땅 위 눈이 다 젖었네요

슬픔 한꺼번에 터지면 온 들의 꽃 지고
별에 흐르던 강물이 다 말랐어요
늘 거기 있다는 든든함이 허물어졌는데
바위가 모래가 되는 것도 순간이라는 말
손목뼈에 적어요
깊이를 알지 못할 길 먼저 가서
마음 추스를 경문 소리 찾으면
깨달음의 범종 소리로 알려 줄래요
허무하고 허무하여
내년 여름은 어쩔까 모르겠어요
그때도 산 것은 살아가겠지요

오늘 심은 별이 눈뜨고 일어나
서쪽 하늘 가득
붉은 웃음으로 채워지는 순간
그대가 다녀간 것을 알아차릴 거예요
나는 나의 길을 가야 하고
그대는 그대의 길을 갈 수 있도록
내 마음에서 놓아 주어야 한다는 것이
아프네요

어떤 꽃잎
−할배가

떨어진 꽃잎을 잠시 매달았던 자리가 내려본다
막, 새 생명을 시작한 옹알이
세상 어떤 시선이 이보다 자애로울 수 있을까

찢어지는 고통의 하늘 뚫고서
울음 토하기 위한 찰나와 영겁
당황의 기인 다리 건너곤 주저앉았다

큰 산맥 뚫어 버린 안도의 눈길
황홀하지 않은가?
새벽별 날갯짓보다

퇴적암 지층 사이에 굳어 있던
공룡알 화석이
돌아눕는 순간
땅거죽이 요동쳤다
꽃잎이 산이 된 것이다

삶을 위한 노래
―코로나를 넘어

아침에 눈을 뜨니 바람이 흔든다
죽을 수 있겠다는 생각이 날갯짓하며 지나갔다
기뻤다 드디어 이 지긋지긋함에서 벗어날 수 있겠다는 생각이
나를 지배했다, 그 순간

무성했던 꽃 다 져 버리고
바람이 목숨의 저쪽 기웃거릴 때
봄꽃 투명해지는 동안 영혼이 깨끗해진다던 믿음
내 속에서 꽃이 피고 지는 것은 지난한 어려움이고
오래 함께한 나무
오래 함께한 물이 나를 지겨워하지 않는데
그대는 오래 함께할수록 빛을 더 한다

지우고 싶은 징그러움도 마음속의 일
낯선 꽃은 또 펴서 사람의 마음에 상처만 더하고
박쥐와 박새는 서로 다른 날개를 가졌다
손이 슬프다
슬픈 날개는 하늘 아래 건너간 것이다

꽃나무 아래 흔들리는 작은 풀이었어도
힘겨운 봄을 손잡고 건넜다 작은 기여를 했다
각자 떨어져서 같이 건넜다

억새 언덕을 그리다

강물 건너기 전엔 누구나 맨발이다
그리운 그 이름
소리 내어 불렀으면 좋겠다

망설이던 흰 감정 떠나고
식물원 외길 돌아 노을만 앞서간다
만져도 느껴지는 게 없는
안개 같은 너

바람은 이제
버리고 살자고 한다, 불완전한 존재끼리
숨가쁘게 달리는 생각이
넘어지면 또, 그립다
은행나무는 왜 저렇게 잘 서 있을까
그녀는 매번 눈부신데

꽃잔디

잠에서 소스라쳐 깨어나는 나비였다, 아니
나비는 '나'일 수밖에 없었다
별빛이 만드는 진주로 사막 적시고
비단벌레의 흔적이 갈참나무 옹이를 잠식하는 아침
햇살의 뜨거워짐 속에서
나를 지탱하는 건
헤어진 두 개의 물방울이 서로 당기는 장력이다
낮은 곳에 있지 못한 아둔함
한번 잠든 땅이 다시 잠드는 건 당연했다

개가 된 늑대와
개가 된 여우가 마주보고 있다
바닷물이 된 빗방울과 개울물이 서로
차가운 옆구리를 내어놓고
시간의 크기를 자랑하고 있다
혼백 떠나고 남은 물음으로
꽃무덤을 덮었다
이만하면 되었다고

다가올 질문

잡초를 뽑는다, 시간은 빵보다 늦게 사라지고
비가 새는 지붕이라도
서리는 막을 수 있었다
돌을 쌓으며 마음 씻는 할머니의 손은
하늘에 닿을까
믿음은 저 혼자 흐르는 강을 느낄까?
내 걸음의 존재엔 분명한 이유가 있을 텐데
만져지는 건 네가 아니고
사막에 흩어진 백골로 끝을 말할 뿐이다
빛의 현란한 난반사로 표현된
이슬과 울음의 걸음
한 사흘은 벚꽃이 따스하다며
모래의 흩어짐을 방관했다
스스로 속여야 남도 속일 수 있다는 말의
껍질을 벗겨
햇살 아래 말리기로 했다

부서진 쇠는 칼이 되지 못하고
술이 달게 넘어간다는 핑계로 나머지 시간을 묶는다
비를 품고 오는 바람이 더 위험해도
삶과 죽음의 강이 하류에서 만나면 하나인 것이다

지나간 바람이 다가올 구름을 결정하고
삼십 년을 포기하지 않았던 질문이
스스로 답이 되어 시간의 날개를 펼친다

떠나기 좋은

물은 산을 에워싸고 돌아갈 때 제일 푸르고
바람은
솔잎에 배 갈라져 투명한 속 내어 보이며
허무에 젖을 때 제일 가볍다
믿을 수 없는 인간에 대한
애정의 끈을 놓지 않을 때 제일 힘겹다
바람 불어
살아 보자는 몸짓에 촛불이
첫사랑의 꽃대궁처럼 울고 있는데
지푸라기보다 하잘것없는 눈물 흐르는 길
거칠게 닿는 거기에
먼저 누운 뼈들이 속을 말리고 있다
생각없이 살아가는 파도가 부럽다

돌아오지 않으리
돌아가지 않으리

나의 항해가
소유한다고 생각했던 것들을 하나하나 내려놓으며
해무를 뚫고 나아가는데
생각마저 내려놓고 돌아서면
산과 들의 조각조각이 옆구리에 파고든다
떠나기 좋은 햇살이 꽃을 안고 있었다

막대사탕

사탕은 사랑을 내포하고 있어
네 입에서 녹아 없어질 수 있거든
그게 '나'라고 말하고 싶어
나무가 아주 천천히 걸어가듯이 우리도 변하는 것을
수용해야 해
풀리지 않는 나사처럼 멈춘 시간
에 속한다 생각했던 진리라는 그리움
결국은 마른 가지로 공허를 찌르고 있잖아
이제는 받아들이는 법을 익혀야 해
혼자 남는 것보다 불꽃에 던져지는 것
이 더 나았을 수 있다는
후회도
천년 비석만큼 우습지 않은가 말이야

더부룩함이 벗겨진 낯뜨거움
입맛 쓴 날에 사탕을 잃고
머릿속 하얗게 되는 날일 수 있어
내 사랑 막 눈뜬 여린 싹의 연두 마음을
지지 않는 꽃으로 네게 보내는 거야

우산종

위험에 혼자 노출되었다
생명을 노리는 많은 존재들과 싸우며 숨으며
살아남아야 했다
새장에서는 무지갯빛 깃털을 이리저리 보여 주며 힘센 척하고
저들이 알지 못할 소리를 허공에 뿌려 주면
풀씨가 가득 담기고 신선한 물이 들어왔다
자유는 경제개발 속도를 늦췄지만
그 기둥을 튼튼하게 했다
배부른 돼지가 사는 마을에는 고층 아파트가 들어서고
그들은 스스로
'생각하는 현자'라 칭한다
키만 큰 갈대가 강가를 점령하며
자신들의 그늘에 들어오면 안전하다고 선전한다
풍부한 영양과
움직이지 않아도 되는 비만 그리고
과다한 현금으로 얻은 천국행 기차표
지독한 개인주의로 얻은 독립된 평화는
결국 전체의 하늘에 균열을 일으킨다

모두를 가지려는 욕심이 위대하게 보이는 것으로
진리의 문앞에서 주머니를 채운다

메타버스에 오르다

파도가 떠났으나 나는 보지 못했다
달아나는 삶을 잇는 꿈을 질경이 아래 묻었다
어디로 달아나느냐에 따라
산과 물은 나뉜다 우연히
저녁 햇살 반짝임이 물고기 비늘로 튀어 올랐다

바닷속 터잡은 미역에도 주인 있다는 말 듣고
참 인간들 훌륭하다는 생각이 들었다
눈에 보이는 별 모두 세어 종이에 적어
서랍에 넣어 놓은 천문학자는
그 별 죄다 자신이 가졌다고 말하는
소유의 오류를 저지른 것이다

바다를 육지처럼 숫자 정해서 분양받았을까
지적도에도 없고 임야도에는 당연히 그려지지 않은,
그것이 주인 있는 거란다

희한한 셈법을 배웠다
돈 되는 것은 내 것이라고 달려오는 사람이 여럿이다
파도의 주인이 달려나와 파도세를 물리는
세상이 올 법도 하다

포장이사를

필요한 것을 파악하고
필요 없는 것을 버리고 그리고
마침표를 찍었어
가져가기 어려운 것으로 분류된 생각은
심각한 표정으로 올려다보며
인간의 절대적 매정함을 절감했어
가능성을 열어 둔다는 비겁함도 끼워 넣었어
변화를 회피할 수 없다는 변명이 허락되지 않지만
정직하게 말하진 못했어

아직 진실의 힘을 믿어야 하나를 의심했어
살아남기 위해 굽혀야 한다는 걸로 합리화하긴 했지만
가을이 지나간 발자국은 언제나 허전할 거야
아니, 박스는 언제나 가득차 있어야 했어
쟁여 놓았던 낱말을
누군가에게 건네주고 싶다는 생각이 들진 않았어
내게서 벗어나고 싶은 건 여기였어
방법은 몰라도
파랑새를 잡을 수 있을 거라는 생각으로 살아온 둥지
그걸로 충분했어, 하얀 시간의 물결 퍼져 나가는 동안
흩어진 생각의 까끄러움에 지쳤어

거기서 무너진 거야
봄을 바래다 주고 기억주름습곡을 돌아보며 말했어
이곳의 햇살은 참 많이 힘들었지
이제 이런 일에 낭비할 여력이 없어
아무 상관없는 날갯짓으로 다투는 일은 부질없어
누군가 그려 놓은 풍경 속으로 들어가기만 할 거야
포장되어진 채로 옮겨가야 할 때야
전혀 낯선 곳으로

모난돌 일기

마른 풀잎 모여 앉아 노는 자리에
빗방울들 나란히 선다
지난여름 짱짱하던 칼날의 시간
용서 안 되던 낱말
내 손에 잡은 패만 보였다
굽은 줄기 실바람에도
우수수 낙엽 떨구며 굴복하는 산이 안타까웠다

소용없는 일이었다, 그렇게 버티던 모래성
시간이 끝을 맞추고
손을 털며 일어설 때 다들 빈손이다
자신의 것 아닌 것에 이름 적으려 다들
육식동물처럼 번들거렸다
신의 손조차 그들 뺨 어루만지는 것을 꺼렸다

윤회의 틈에 다시 초록잔치 펼쳐 놓으면
또 그들끼리 다툴 것이다
아무리 그쪽이 아니라고 손짓해도
알아채지 못한다, 답답하다

이제야 보인다
먼저 누워 절반쯤 뿌리에 흡수된 풀잎 찌꺼기
손짓 몸짓으로 알려 주려 애쓰던 흔들림
내가 또 그렇게 애쓰고 있다
오래 서 있던 것들도 결국 눕기 마련이다

모래가 일어서기 위해
안간힘 쓰는 걸 보고
먼저 일어선 빗방울이
손 내미는 게 보인다
그걸 느끼는데 돌계단 칠십 개를 쌓아야 한다

산의 울음, 찰나

팔공산 능선 넘는 것은 정말 힘들었다
이번 가을을 넘는 것은 더 힘들었다
숨이 턱에 와닿았다
그래도 네 마음의 담을 넘는 게
제일 힘든 일일 줄은 몰랐다

산이 울었다
어젯밤 바람에 자두잎 다 떠나가고
구름 흩어지더니
철새의 깃털만 한 움큼씩 흩어져
사랑한다는 말의 잔인함을 보여 주었다

모두를 위하는 일은 엄청난 힘을 발휘한다
그 모래가 조금씩의 힘을 더 하였기에
사랑 아닌 것을 사랑이라 믿는 먼 사막의 별도
모두가 원하는 것은 아니었나 보다
별이 가리키는 길만 보고 가도
네 마음은 신기루처럼 닿지 않았다

어두운 미래의 눈으로 우물을 찾던 시절
생텍쥐페리의 비행기가 하늘 날며 울었다
그리고 살아 보자고 달랜다
어차피 우리는 지나가는 순간자일 뿐이니

모조품

햇살이
미소를 취소하려 한다, 네게서
분실되어지고 싶다가도
온 우주 사랑이 모여
하나의 별이 된다는 말에
잠시 멈춘다
목숨 붙어 있어 일어난 질문은
손가락 사이로 빠져나가
공(空)하고
십자가 아래 살아 있어 다행인 사람
다섯을 찾으라는데
찾고 싶은데

배고프지 않아도 먹어야 하는 일이
해일로 닥친다
황금 십자가를 제단에 올리면
제일 먼저 구원된다는데
다 팔리고 남은 게 없는 신
모조품이라도 만들어야 할 지경이다

자화상

너도 예쁜 얼굴이었을 것이다
필사적인 몸부림으로 도망가는 과거를
옆구리에 끼고
모순의 오류를 비집고 나오는 걸 포기하지 않는
공평함까지
술 취한 비틀거림 외면한 채
계단을 오르는 꿈이 큰 나무에게
가장 잘 된 그림 하나 점지해 달라 소원하며
바람 터지길 기다렸을 것이다

옛일은 그냥 두기로 하자, 구겨진 채로
사실과 허무의 껍질을 밟고선 소원은
자신의 간절함 찾아내는 것일 뿐
헛된 욕심이 부끄럽다는 걸 이제 알았다
있는 것과 사라짐 사이의 충격을 흡수하는 탄력이
공간의 경계점에 누워 꽃장단
두드리며 노래하는 것으로
주변인의 역할을 다하기로 했다

우리는 날 수 있는 날개를 가지고 태어났어도
그걸 어디에 벗어 두었는지 잊어버렸다

훗날에는 날개가 있었다는 사실도 모르게 되고
하지만 하나 남은 흔적은
불속에서 날개 펼치는 장작이 된다
마지막 꽃 피우는 것의 의미를 태우며
윤회의 잔치를 끝낸다

노을 예찬

동백꽃 떨어지던 봄은 붉은 핏물도 아름다웠는데
갈 단풍 아랫도리에 온 산 붉게 젖었다고 적는다

그 얼굴 화려해도 금방 사라진다는 것을 수긍한다
시들지 않는 꽃
내려오지 않는 무대는 없으니
돌아보면 모두가 아쉬움의 하루였으리라
고통의 순간이 제일 빛나던 얼굴
관객 떠난 무대에 홀로 남은 배우는
되지 말아야 했다

서산에 해 넘어가도
노을 찬란한 순간 즐기리라
꽃 지는 어둠은 누구에게나 내린다
열차는 내가 타기도 전에 떠나고
필요도 없는 수많은 꽃 따러 다니던
상관없는 별의 길 간섭하며 허비한 나비
소중한 경험으로 낙엽에 앉는다

욕심 지우니 비로소 옆이 보인다
장자의 나비에게 소멸시효가 완성된 것이다
주먹 쥐었던 손을 펼 수 있다는 것만으로도
이리 아름다운 하늘을 만날 수 있다는 말이다

사랑해